KB260219

바람의 노래를 듣는 나무

바람의 노래를 듣는 나무

펴낸날   초판 1쇄 2025년 6월 20일

지은이   김주숙
펴낸이   서용순
펴낸곳   이지출판

출판등록   1997년 9월 10일
등록번호   제300-2005-156호
주소   03131 서울시 종로구 율곡로6길 36 월드오피스텔 903호
대표전화   02-743-7661   **팩스** 02-743-7621
이메일   easy7661@naver.com
창작지도   윤보영감성시학교
캘리그라피 김주숙
디자인   김민정
인쇄   ICAN
물류   (주)비앤북스

ⓒ 김주숙 2025, Printed in Seoul, Korea

값 15,000원

ISBN 979-11-5555-249-0 03810

김주숙 감성시집

바람의 노래를 듣는 나무

이지출판

김주숙 시인의 시는 사랑입니다.

그렇습니다. 시를 읽는 내내 저절로 웃음이 나오는 사랑이 맞습니다.

김주숙 시인이 처음 시를 쓸 때 많이 망설였습니다.

"내가 시를 쓸 수 있을까? 시를 쓴다 해도 읽어 주는 사람이 있을까?"

하지만 그 망설임은 망설임이 아니었습니다. 시를 읽다 보니 막힌 가슴이 뻥 뚫리는 놀라움이었습니다. 어찌나 큰 울림이 있던지, 저도 놀랄 수밖에 없었습니다. 이처럼 우리 주변에는 재능이 있어도 시 쓰기를 망설이는 분들이 계십니다. 그분들에게 이 시집을 권하고 싶습니다.

어린 시절 자연 속에서 자랐고, 또 캘리그라피 작가로 활동하고 있기 때문일까요? 시인의 시 속에는 독자를 감동시킬 한 줄이 있습니다. 그 한 줄은 시간을 내어 시를 읽는 독자들에게 충분한 보상이 될 수 있다고 여겨집니다. 시는 읽어 주는 독자가 있어야 생명력이 있습니다. 그런 면에서 시인의 시는 성공했다고 할 수 있습니다.

멋진 감성시집을 발간한 시인님께 감사드리며, 함께해 주신 가족들에게도 고마운 마음 전합니다. 앞으로 더 멋진, 그러면서 더 감동적인 시를 쓰는 우리나라 최고의 감성시인이 될 수 있도록 늘 함께할 것을 약속드립니다. 고맙습니다.

2025년 6월
윤보영감성시학교가 있는 '휴이야기터'에서

오랜 시간 붓끝에 마음을 담아 글씨를 써 온 김주숙 작가가 이제 그 정성과 사유를 시로 풀어내어 첫 시집 『바람의 노래를 듣는 나무』를 세상에 내놓았습니다.

이 시집에는 일상의 순간과 지나온 시간, 자연과 사람에 대한 섬세한 시선이 담겨 있습니다. 특별한 수식 없이도 맑고 단정한 문장들이 독자 마음에 고요한 울림을 전하며 오랜 시간 마음속에서 다듬어진 진심이 시 한 편 한 편에 스며 있습니다.

그가 붓으로 글씨를 쓰듯 정성스럽게 고른 단어들은 시를 통해 또 다른 아름다움으로 피어났습니다. 캘리그라피를 통해 한글의 아름다움을 전해 온 시간이 언어의 깊이와 감성으로 이어진 결과입니다.

이 시집이 누군가에게는 잊고 있던 감정을 떠올리게 하고 조용한 위로와 따뜻한 여운으로 남기를 바랍니다. 한 명의 독자로서 김주숙 작가의 첫 시집을 기쁜 마음으로 추천합니다.

2025년 6월

볕 들고 묵향 가득한 '이상현캘리그라피연구소'에서

캘리그라피 강사로 김주숙 시인을 만나 함께해 온 오랜 시간, 그녀는 한결같이 따뜻한 사람으로 곁에 있었습니다. 조용히, 말없이, 그저 묵묵히 자신의 자리를 지키는 사람. 그리고 그 안에 얼마나 깊고 다정한 마음이 숨어 있는지 저는 잘 알고 있습니다.

이 시집 『바람의 노래를 듣는 나무』는 그녀가 걸어온 시간과 품어 온 감정들을 한 줄 한 줄 써 내려간 것입니다. 꽃처럼 피어나는 감정들, 말보다 깊은 마음들, 그리움 속 계절의 그림자, 조용히 다가오는 삶의 온기까지. 읽는 동안 자꾸만 멈추게 됩니다.

그녀의 시는 누군가를 향한 위로이자, 자기 자신에게 건네는 다정한 말 한마디 같습니다. 저는 가까이서 그 마음을 오래 지켜본 사람으로서 이 시집을 참 고맙게 읽었습니다.

한 권의 아름다운 시집을 출간한 김주숙 시인에게 존경과 감사를 보내며, 독자들에게 삶에 대한 한 소절의 답가(答歌)가 되기를 바랍니다.

2025년 6월

소복한 화선지 위에 검은 먹으로 글씨를 쓰고 있다. 붓끝에 손가락을 모아 힘주어 글자를 새기고, 때로는 붓이 연주하는 대로 손을 내맡기며 캘리그라피를 하고 있다.

캘리그라피 작가로 활동하면서 나만의 색깔로 빚어낸 작품으로 다양한 전시회에 참여하기도 하고, 아름다운 글씨를 쓰는 즐거움을 전하고자 많은 사람들에게 캘리그라피 강의를 해 오고 있다.

그동안 책에서 마음 깊은 곳을 울리는 문장들을 많이 만났다. 오랜 시간 동안 잊히지 않은 단어들과 금언들을 되새기며 나의 경험 속에서 그 의미를 간직하고 있었다. 그리고 결국 내 안에서 목소리를 얻기를 기다리고 있는 말들과 마주하게 되었다.

　지난날의 기억과 미래에 대한 기대 사이에서 나의 삶의 윤곽을 그려내며 깨어나기를 기다리고 있는 언어들을 한 자 한 자 옮겨 시집을 펴내면서, 먼저 나를 감성시의 세계로 이끌어 주신 윤보영 시인님과 정성 들여 추천의 글을 써 주신 이상현 작가님, 이경미 관장님께 깊이 감사드린다. 그리고 한결같은 사랑으로 응원해 주는 가족과 캘리그라피 동인 여러분에게도 고마운 마음을 전한다.

　이 시집을 통해 누군가에게 한 번도 하지 않았던 말과 저 먼 과거에서 끌어올린 글이 독자와 만나 하나의 작은 울림을 전할 수 있기를 바란다. 현실에 가려진 꿈과 사랑을 쉼 없이 재발견할 수 있는 작은 시 한 편이 되기를 소망해 본다.

2025년 6월

김 주 숙

■ 차례

추천의 글_ 윤보영 • 4

추천의 글_ 이상현 • 6

추천의 글_ 이경미 • 7

시인의 말 • 8

제1부 나도 꽃이 되어

봄이 오면 • 16

사랑 연가 • 18

앵두나무 • 20

그대의 향기 • 22

풍선 • 24

고백 • 27

소나무 • 29

붓 • 31

채송화 • 33

별에게 • 35

나는 참 행복한 사람 • 37

그리운 날에는 • 40

바위 • 42

눈부신 아침 • 17

비둘기 • 19

나도 꽃이 되어 • 21

내 안의 꽃 • 23

햇살 맑은 날 • 26

꽃잎 하나 • 28

글씨 꽃 • 30

캘리그라피 • 32

숲길 • 34

커피 • 36

어떤 여름날 • 38

옛집 • 41

제2부 무언의 약속

강의실에서 • 44

선물 • 46

신혼여행 • 48

화로 • 51

어느 날 문득 • 53

한가위 • 55

여름비 • 57

보리차 • 59

선풍기 • 61

희망 • 63

호수 • 65

나팔꽃 • 67

휴가 • 69

시골길 • 71

동그란 얼굴 • 45

감동 • 47

아가야 • 50

국수 한 그릇에 • 52

길 • 54

씨앗 • 56

사과나무 • 58

찬란한 바다 • 60

언덕길 • 62

짝사랑 • 64

반딧불이 • 66

기다림 • 68

밤산책 • 70

제3부 그리움 속에 비는 내리고

섬 • 74

제주에서 • 75

가을아 안녕! • 76

보름달 • 77

코스모스 1 • 78

코스모스 2 • 79

엽서 • 80

노을 • 81

삶의 기쁨 • 82

가을 단풍 • 83

낙엽 앞에서 • 84

가을이 되면 • 85

새벽 • 86

무지개 • 87

눈 오는 날 • 88

겨울 여행 • 89

군고구마 • 90

그대 뒷모습 • 91

자연의 숨결 • 92

별이 빛나는 밤에 • 93

별똥별 • 94

달 • 95

소망 • 96

북두칠성 • 97

9월의 기도 • 98

그리움 • 99

겨울 길목에서 • 100

고드름 • 101

제4부　오후의 꿈

돌담 · 104　　우체통 · 105

겨울 편지 · 106　　겨울 잎새 · 107

그대 생각 · 108　　단발머리 · 109

청포도 사랑 · 110　　이슬 · 111

새 · 112　　나뭇잎 · 113

휴식 · 114　　허수아비 · 115

제비꽃 · 116　　나비 · 117

대나무 향기 · 118　　능소화 · 119

들꽃에게 · 120　　민들레 · 121

여백 · 122　　나는 내가 좋다 · 123

아파하지 말자 · 124　　촛불 하나 · 125

고래의 꿈 · 126　　천천히 가고 싶다 · 127

꿈 · 128　　기도 · 129

다시 봄 · 130　　한 줄 시 · 132

제1부

나도 꽃이 되어

봄이 오면

봄이 오면
따뜻한 햇살을 만나겠지

봄이 오면
새싹도 만나겠지

그 햇살과 새싹처럼
나에게 기운을 주는
당신도 만나겠지

봄이 오면
봄이 되면.

눈부신 아침

어둠이 걷히고
내 삶을 밝혀 주는
눈부신 그대를 만납니다

눈부신 아침
나도 그대에게
따뜻한 빛이 되고 싶습니다.

사랑 연가

웃어 주지 않아도
당신 배려심이 전달되어요

손을 잡아 주지 않아도
당신의 따스한 마음
느낄 수 있어요

말을 하지 않아도
당신 사랑 알 수 있어요

당신도
제 사랑이 들리시나요?

비둘기

나의 기쁨인
그대여
날 찾으러 올 때까지
기다리고 있겠습니다

기쁜 소식 전해 주는
비둘기처럼
날아오실 거죠?

앵두나무

초록 잎 사이로
송알송알

붉은 열매
예쁘고
사랑스럽다

내 심장에
붉게 물든
그대 사랑처럼

아니,
저 붉은 빛
그대 좋아하는
내 그리움처럼.

나도 꽃이 되어

꽃밭에 슬그머니 얼굴 들이민다
나도 꽃이 되어
그대에게 기쁨을 주고 싶다고

꽃밭에 살짝 발을 들여놓는다
나도 꽃이 되어
그대에게 미소를 주고 싶다고

꽃밭에 몸을 기댄다
나도 꽃이 되어
그대에게 평온함을 주고 싶다고

그 꽃밭
내 안에 피었다
그대 좋아하는 마음
꽃으로 피우고 있다.

그대의 향기

낮익은 향기에
잠시 눈을 감는다

너의 향기와
나의 향기가 만나
장미꽃을 피운다

장미꽃을 받아들고
가슴속으로 들어간다

서로의 꽃이 된다.

내 안의 꽃

어떤 날은
뾰로통해
꽃을 보지 않을 때가 있습니다

또 어떤 날은
신나서
꽃을 흔들어 보기도 했습니다

가끔은 수줍어서
꽃을 멀리서 보기도 했고

하지만
어느 꽃 하나
소중하지 않은 것이 없습니다

나에게
그 꽃은
내 안의 당신이니까요.

풍선

당신 사랑
잘도 숨겨 왔는데
커피 한 잔 마시다가
풍선처럼 부풀어 올랐지 뭐니

뻥 터질 것 같아
그리움을 열었더니
하늘로 올라가는 거 있지

이 사랑
멀리 있는 당신도
봤으면 좋겠다.

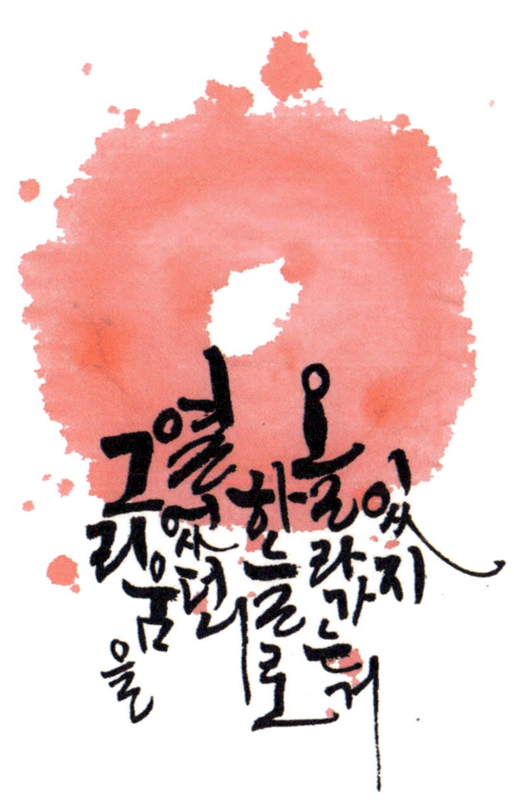

햇살 맑은 날

햇살 맑은 날
활짝 핀 꽃에
나비가 날아와 앉았는데

그날처럼
내 마음 맑은 날
환한 미소로
나비가 날아온다

아,
꽃도 아닌데
어떻게 하지?

고백

예쁜 것 보면
네 얼굴이 떠오르고

맛있는 음식 나오면
너와 먹고 싶고

좋은 곳에 가면
너와 함께였으면 하고

나
지금
널
사랑하는 것
맞지?

꽃잎 하나

꽃잎 하나
내 손등에 떨어진다

꽃잎 하나
책 한 켠에서 조용히
마르는 동안

그대를 기다리는 내 마음도
고요히 여물어 간다.

소나무

우리 집 화단에
우뚝 서 있는 소나무 한 그루
30년을 함께 살고 있다

맑은 공기와
따사로운 햇살은
어느 집에나 다 있지만

웃으며 건네는 미소
고마움 전하는 말
닮고 싶다는
그 바람까지 듣고 있는 나무

이제 소나무는
가족이다
기대라며 등 내밀고
사랑에 보답해 주는 힘이다.

글씨 꽃

부드러움 속으로
흘러가는 붓

그 흐름에
저절로 들썩이는 마음
꽃으로 핀다

꽃 속에
그대가 있다
그대 마음에 내가 있듯.

붓

내가
붓으로
나를 쓴다는 것은
나의 말로
나의 글로
삶을 연주한다는 것.

캘리그라피

나에게
쉼(休)이 되는 캘리그라피

너는 위로다
즐거움이다
미소다
아니, 행복이다

그러다 결국
사랑!
내가 쏟는 사랑에
묵직한 한 획을 긋는다.

채송화

앞마당에 핀 채송화
분홍, 노랑, 하얀 꽃
엄마 얼굴이다

아무리 화가 나고
속상해도
다 가슴에 묻고
웃는 얼굴로 맞아 주시던 엄마

짓궂게 내리는 비도 있었을 테고
바람에 날려온 먼지
불편을 주었을 텐데
내색 없이, 오히려
늘 얼굴 가득 꽃을 피운 엄마

오늘도 내가
100점 받아왔던 날
그 엄마 얼굴이다.

숲길

숲길 따라 걷다 보니
향기와 바람
새가 친구 되네

향기는 아름다운 생각을 선물하고
바람은 예쁜 모습을 보여 주고
새는 듣기 좋은 말을 가슴에 담네

숲길은 친구
내 안에 담아 두고
오늘처럼
수시로 만날 수 있는.

별에게

난 오늘도
별과 이야기를 나눈다

그러니
오늘도
별은
너다.

커피

아침마다 생각나는 너
새콤하면서도
쌉싸름한 너
그런 네가 좋다

친구처럼
친구같이
친구가 되어
날마다 마시다가
일상이 되었다

아니, 커피 넌
언제부턴가
헤어질 수 없는 연인이다.

나는 참 행복한 사람

아침에 눈을 뜨면
곁에 있는 사람
마주 앉아 밥 먹고
함께 커피 마시고
나란히 앉아 TV 보고

내 안에도
내 밖에도
늘 같이 있는 사람

꿈에서도 만나고 싶은
당신이 있어
나는 참 행복합니다.

어떤 여름날

비
그친 하늘

아~
맑은 마음
비에 젖은 풀내음
햇살 적신 꽃내음

모두
그대 생각을
더 진하게 만든다

고맙다
그리움을 담고 내린
여름비야.

그리운 날에는

나처럼
가슴 아리도록 그리운 날에는
하늘을 보며
그 마음 맡겨 보세요

지난 시간들
강물처럼 바람에 날려 보내고
그 자리에 꽃을 피워 보세요

그 꽃
그리운 가슴에
다시 담아 보세요

저처럼
얼굴 가득
웃음꽃이 필 테니까.

옛집

고무줄놀이하며
뛰어놀던 마당

물 길어
수박 담가 놓던 우물

소죽을 끓이던
무쇠솥과 아궁이

옛집 기억은
그대로

곳곳에 묻어나는
어린 날 사랑의 흔적들.

바위

나에게 든든한
바위가 되어 준 그대
그대는 나의 행복입니다
그대는 나의 사랑입니다

아니,
그 행복과
사랑을
가슴에 심도록 허락해 준
단단한 삶의 초석입니다.

제2부

무언의 약속

강의실에서

창문 너머 흔들리는 나무
회색빛 아파트
분주하게 걸어가는 사람들
천천히 지나가는 차
자전거 페달을 밟는 사람

난 빈 강의실에서
오늘도 그대를 떠올린다

가슴으로
따뜻한 햇살이 스며든다.

동그란 얼굴

얼굴을 그렸습니다
아빠 얼굴
엄마 얼굴과 내 얼굴
그러고 보니
모두 동그란 얼굴

닮았습니다
닮아서 정이 가는
우리는
행복으로 그린
동그라미 가족.

선물

조용한 밤
'바스락바스락'
머리맡에서 들리는 소리
그냥 잠이 들었다

아침에 눈을 뜨니
엄마의 미역국 선물
아, 오늘이
내 생일

지금껏 받기만 한 선물
이제부터 나도 엄마에게
선물이 되어야겠다

엄마 얼굴에
웃음꽃 피워 주는 선물.

감동

슬그머니
티켓을 내미는 아들

말로 못 하는 마음
티켓에 담아
내민다

엄마를
이렇게 감동하게 하다니

감동은
또 다른 감동이 된다
무한 사랑을 만든다.

신혼여행

트로카데로 광장에서 에펠탑을 향해
서로 마주 보며 무언의 약속

기차 안에서
같은 곳을 바라보고
두 손 꼭 잡은 우리

융프라우에서
눈 내리는 추운 날씨지만
서로 곁에 있어서
마음은 따뜻한 봄

트레비 분수에
동전 던지며 행복하자고
소원을 빌었지

그래, 이제
서로에게 했던 약속
'변함없이 늘 행복하길'
이 약속 지키기.

아가야

초롱초롱한 눈망울로
방긋 웃는 아가야

옹알옹알
노래 부르는 아가야

너는 우리의 희망
우리의 축복

너를 보니
미소가 나온다

아가야
너는
모두의 사랑.

화로

겨울이면
화로 앞에 모인 아이들
군고구마 먹으며
이야기보따리 풀어낸다

달아오른 얼굴로
희망을 꿈꾸던 어린 시절

화로는 열정이었고
화롯가에 둘러앉은 동심은
행복을 만드는 주춧돌

그 화로
내 안에 있다
지금도
따뜻한 사랑으로 있다.

국수 한 그릇에

배고프다 하면
뚝딱!
국수 한 그릇
내오시는 어머니

몇 젓가락에
국수 한 그릇
뚝딱!
비우시는 아버지

지금도
국수만 보면
보고 싶은 마음이
뚝딱!
그리움에 담겨 나오네

더 보고 싶고
더 그립게
시도 때도 없이 나오네.

어느 날 문득

어느 날 문득
흰 머리카락 보이는 당신
지금까지 고마웠습니다

어느 날 문득
같이 커피를 마시고 싶은 당신
당신이 있어서 행복합니다

어느 날 문득
살며시 손 잡고 싶은 당신
당신 손이 따뜻해서 고맙습니다

늘 고마운 당신
이제부터
내가 당신 편이 되어 드리겠습니다

눈과 눈을 보고 한 약속
잘 지키겠습니다.

길

어린 시절
산길을 걸어 학교에 다녔다
이십 리를 걸어서 가는 학교

걷다 놀다
장난치며 가다 보면
종종 지각할 때도 있었다

어떤 날은
학교로 안 가고
산에서 놀다 집에 온 적도 있었다

나의 학창 시절
돌아보니 모두가
오늘의 나를 만들기 위한
과정이었다

그래, 뭐
지금 내가 행복하면 되잖아.

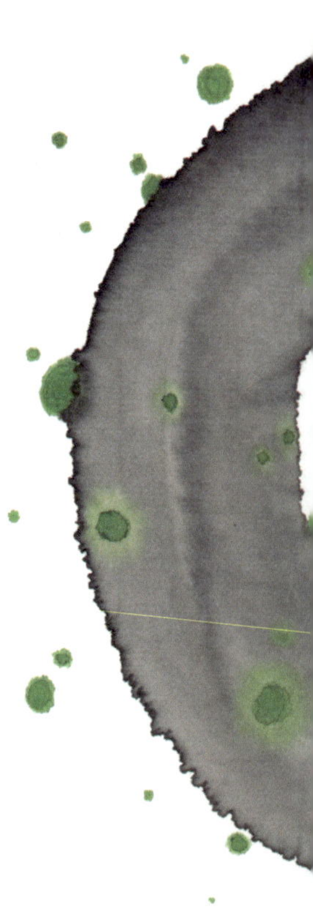

한가위

사랑과
감사가 깊어지는 한가위
송편에 사랑을 가득 채웠습니다

달을 향해 기도합니다
함께 모인 가족들
웃음보따리 풀어놓으며
이야기꽃을 피웁니다

더 사랑하고
더 감사하고
더 용서하는

그래서
더 넉넉해진
한가위를 만듭니다

내년 한가위가
벌써 기다려집니다.

씨앗

노부부가 밭을 갈고
씨앗을 뿌린다

허리를 굽힌 채
뿌려 놓은 씨앗
잘 자라게 해 달라고 말한다

젊었을 때
자식도 사랑으로 돌보면서
무럭무럭 자라라 했었는데

정성과 사랑에
더 잘 자란 자식!
자기 역할 다하면서
모두의 기쁨이 되고 있다.

여름비

비가 내립니다
더위를 지우겠다며
세상에 내립니다

내리는 비를 봅니다
내 안으로
그대 생각이 쏟아집니다

보고 싶은 마음
지우겠다더니
그 비
그리움 속으로 내립니다.

사과나무

한평생
함께한 사과나무
오랜 친구이자
사랑이 되었습니다

언제부턴가
사시사철
일상에서 함께하는
가족입니다.

보리차

구수한
향이
정겹고
따뜻한
온도에
편안해지는
보리차처럼

내가
그렇듯
그대도
나에게
그런
사람이면
좋겠습니다.

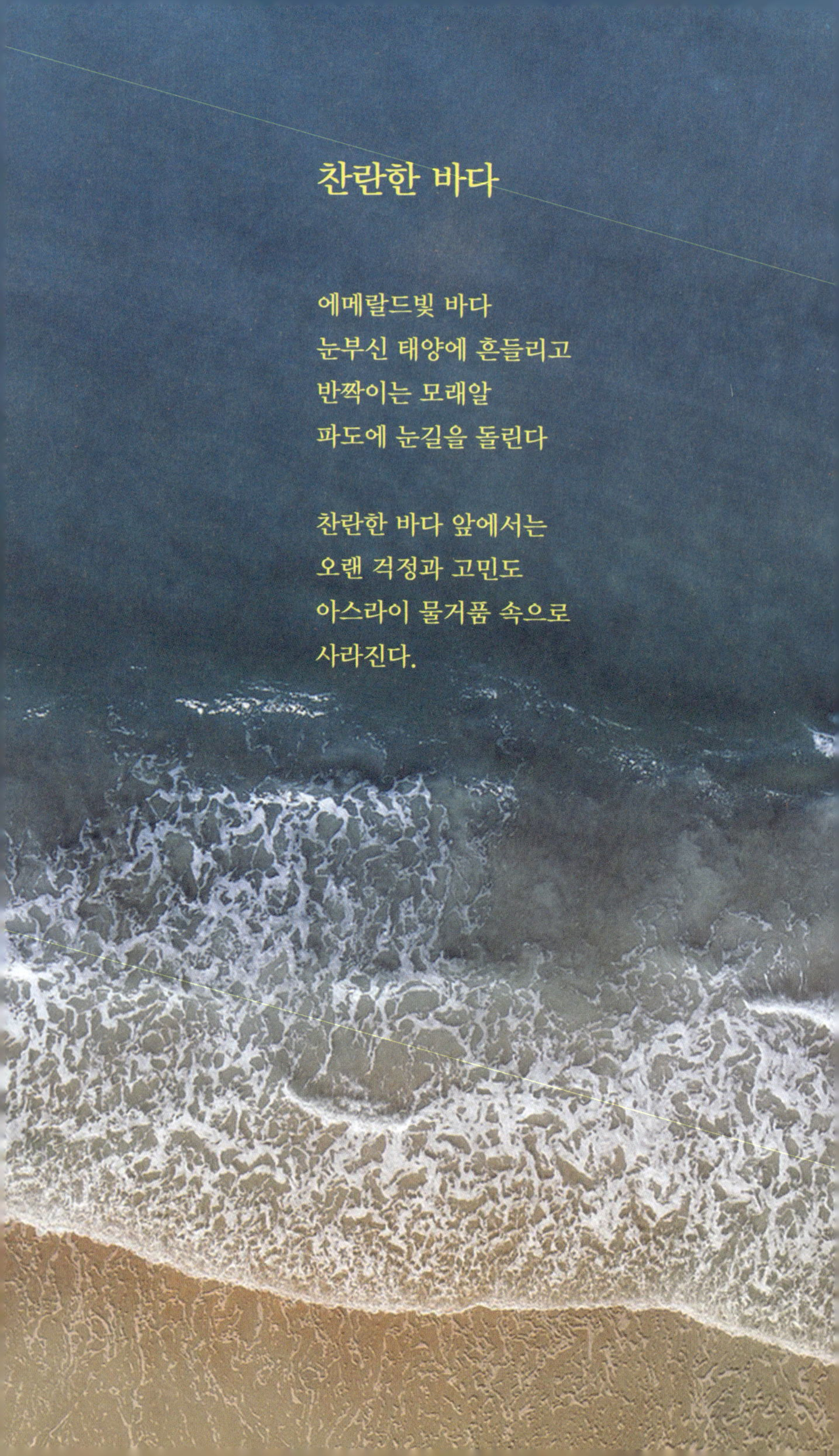

찬란한 바다

에메랄드빛 바다
눈부신 태양에 흔들리고
반짝이는 모래알
파도에 눈길을 돌린다

찬란한 바다 앞에서는
오랜 걱정과 고민도
아스라이 물거품 속으로
사라진다.

선풍기

무더운 날
돌아가는 선풍기처럼
그대 그리운 내 안에도
선풍기를 돌리고 싶다

내 앞의 선풍기에는
무표정한 바람이
억지로 나오고

내 안의 선풍기에는
산들바람 같은
그대 생각이
저절로 나오고.

언덕길

내 안에
언덕길이 있다

그대 생각 꺼내면
쉽게 오를 수 있는.

희망

그대를 만나고
웃음이 많아졌습니다

그대를 만나고
꿈을 꾸곤 합니다

희망!
그대를 만나고
행복을 알게 되었습니다

지금도
그 행복
이어지고 있습니다.

짝사랑

말을 하지 않아도 좋습니다
같이 밥을 먹지 않아도 괜찮습니다

스치듯 볼 수만 있다면
그저
한 공간에 잠시 있다는
그 사실만으로도 좋을 것 같습니다

당신은 나에게
살아가면서도
늘 그런 사람입니다.

호수

내 안에 있는
그대 향한 마음

호수에 비친 별빛보다
더 반짝인다

행복이란 이름으로.

반딧불이

어둠 속에서 빛으로 반겨 준다
숲 저만치서 춤추고
황홀함을 선사하며
달빛 아래 빛으로
희망을 노래하는
내 마음의 천사

깜깜한 밤
등불이 되어
나의 눈을 밝히고
나의 길을 함께 걸어가는
내 마음의 한 줄기 빛.

나팔꽃

내 사랑은
아직 끝나지 않았습니다
그대를 아직도 사랑하니까

내가
나에게 말했다가
나팔꽃이 되었습니다.

기다림

별이 잠드는 밤
그리움도
잠들 준비를 합니다

그래요, 우리
꿈속에서 다시 만나요

참, 나는
늘 그 자리
당신이 오세요.

휴가

휴가 떠날
준비를 하고 있다
가방에 옷이 한가득

함께 떠날 그대 마음에
내 생각이 한가득

그럼
내 마음에는?

당연히
눈에 넣어도 안 아플
당신 생각이 한가득.

밤산책

화성청계공원을 걷고 있다
오늘따라
매미 소리가 정겹다

그렇다고
그대 그리움에
자리를 내준다는 뜻은 아니다

이미 내 안은
그대 생각으로 가득 차
들어설 자리가 없다.

시골길

어둑한 저녁
시골길을 걷고 있습니다

향기로운 꽃 냄새
풀벌레들 울음소리
정겨움이 깊어지는 저녁

평온함 속에
시골길을 걸으니
그리움도
따뜻한 사랑이 되었습니다.

제3부
그리움 속에
비는 내리고

섬

그리움을 가르며
내 안에
우뚝 서 있는 섬

사랑이 만든
보고 싶은 마음이 만든.

제주에서

붉게 타오르는 태양
산홋빛 물결
노란 유채꽃이 만개한 들판

가슴을
활짝 열었습니다

아, 그런데
당신이 내 안으로 들어서네요

“미안해요,
많이 기다리셨죠?”

가을아 안녕!

무더운 여름이 가고

나뭇잎 물들이며
가을이 다가왔다

그래
단풍잎처럼
날 수줍게 만든 당신

당신도
날 보러 올 거지?

보름달

보름달이
너의 눈에 비친다
어떡하지?

보름달 안에
내 사랑 있는데
뭘!

코스모스 1

코스모스꽃이 피었다
내 안에도
웃는 그대가
코스모스꽃으로 피어 있는데

이것만으로는
모자란다며
내 밖에 핀 코스모스를
내 안으로 부른다

그리움 속
그대 생각이 꽃이라며 따라온다.

코스모스 2

우리가
마주 보며
웃을 때처럼
그렇게 서서
당신 얼굴 흉내 내는
저 코스모스꽃.

엽서

엽서에
네 얼굴이 보인다

다시
꿈을 꾸고
희망을 품는다

이제
사랑 시작이다.

노을

나 지금
그대 생각에
물들어 간다

행복으로
내 안이
따뜻하게 채워진다

이러다
정말
사랑하면 어쩌지?

삶의 기쁨

하루하루가 기쁨이고
일상이 행복입니다

기쁨과 행복이
나의 삶 속에서
끝없이 펼쳐집니다

이 또한
그대가 있어 가능하다는 사실
그대는 몰라도 됩니다

그대를 좋아하는
나만 알면 됩니다.

가을 단풍

더운 여름을 보내고
새로운 봄을 맞이하려고
자신을 불태우는 단풍

내 인생도
새봄을 맞이할 수 있게
예쁜 사랑 담아야겠다

그대 사랑에
보답할 수 있게
예쁜 꽃을 먼저 피워야겠다.

낙엽 앞에서

바스락!
가을 밟히는 소리
두 손 잡고 걷는 그대와 나
그저 행복합니다

살랑이며
다시 떨어지는 낙엽을
가슴에 담고
서로를 향해
고맙다고 말합니다

오색 빛으로 물든
낙엽을 향해
잘 살아왔고
수고했다고 위로합니다.

가을이 되면

푸름이 더 깊어지는
가을 하늘처럼
가을이 되면
내 눈이 맑아집니다

익어 가는 열매처럼
생각도 깊어집니다

지저귀는 새처럼
노래까지 하게 됩니다

청량한 산길 따라 걸으며
산길을 가슴에 담고
나무를 불러들이고
내 안의 그대와
함께 걷게 됩니다

가을이 되면
우리 가을을 만듭니다.

새벽

고요함 속에
새벽을 여는 지금

오롯이
이 시간은
나의 것

그대가
주인인
지금
이 시간은.

무지개

소나기가 지나간 뒤
맑은 하늘에
무지개가 떴습니다

후훗!
보고 있는 무지개가
그대 얼굴인 거 있죠.

눈 오는 날

눈이 내린다

나뭇가지에 쌓인 눈처럼
눈을 보고 있는
내 마음에도
그대 생각이 쌓인다

나뭇가지를 흔든다
눈처럼
그대 생각이 쏟아진다.

겨울 여행

뽀드득뽀드득
눈 밟는 소리에
마음이 맑아집니다

차가운 공기에
오히려
기분까지 좋아집니다

하얀 눈 세상에서
내 안으로 담기는 당신

우리 둘만의 여행이
온 세상을 다 가진 듯
행복을 내밉니다

겨울 여행
오길 잘했습니다.

군고구마

오늘은
군고구마가
더 그리운 날이다

사실은
군고구마처럼
달콤한 사랑
그대가 보고 싶다.

그대 뒷모습

그대 뒷모습을 보면
토닥이고 싶을 때가 있습니다
함께 걷고 싶을 때가 있습니다

얼굴을 마주 보며
철부지처럼
웃고 싶을 때도 있습니다

나 지금
그대를 사랑하고 있나 봐요.

자연의 숨결

하늘과 땅 사이
나무와 나무 사이

서로에게
공기가 되고
바람이 되고
쉼이 되는

자연의 숨결을 따라
오늘도 난 걷고 있다.

별이 빛나는 밤에

가슴에
커다란 별 하나 떠 있습니다

바쁜 일상도 별이 되고
힘든 일, 즐거운 일도
별이 되어 가슴에 담겼는데

그 별 중
유독 크고
빛나는 별이 있습니다

잊지 말고
늘 기억해 달라며
내 가슴에 조각해 준 별
그대 얼굴 말입니다.

별똥별

그대 생각할 때마다
내 안에
별을 달았습니다

그 별이 많아져
하늘이 되었습니다

그 하늘에서
그대 찾아가라며
별똥별이 떨어졌습니다
그대 가슴에 떨어졌습니다

그대여
그만큼 그립게 했으면 되었습니다
이제 제 마음 받아 주시죠?

달

혹시
창밖에 저 달
그대인가요?

너무
보고 싶게 만들어서 그래요.

소망

나의 소망은
당신과 함께 오래오래
웃으며 살아가는 것입니다

나의 소망은
우리 아이들과 오래오래
함께 머무는 것입니다

나의 소망은
모든 이를
우리처럼 사랑하는 것입니다

내 삶이
사랑과 기쁨이
모두에게 웃음이 되어
지금처럼
고루 나누어졌으면 좋겠습니다.

북두칠성

북두칠성을 향해
소원을 빈다
별이 되게 해 달라고

어디선가
그대가
날 봐 달라고.

9월의 기도

9월에는
눈물을 멈추게 하소서
고통을 느끼지 않게 하고
이별이 없게 하소서
더 넓게 받아들이고
더 많이 용서하게 하소서

9월에는
환한 웃음을 주소서
행복 맛을 느끼게 하고
사랑이 넘치게 하소서
작은 일에도 감사하게 하고
희망을 갖게 하소서

9월에는
내 9월에는.

그리움

나에게
그리운 이가 있습니다
이 겨울이 지나면
그대를 만날 수 있을는지요

아니,
내 안에서 불러내면
눈앞에서 만날 수 있을는지요

오늘 밤하늘에
그리운 얼굴을 그려 봅니다
만날 날을 기다립니다.

겨울 길목에서

하얀 눈 세상
귀에 익은 소리
'혹시 너?'

갑자기
심장이 요동친다

아~
내 첫사랑
그립다.

고드름

얼어붙었던 세상이
햇살에 조금씩 녹고 있다

늘 그리운 그대
내 안의 기다림은
언제 녹나요?

제4부
오후의 꿈

돌담

한적한 마을
돌담에 기대
햇빛을 가슴에 담는데
자꾸
그대 생각이 담긴다

어쩌지?

우체통

우체통에
널 좋아하는 마음을 넣었어

그런데
배달할 주소를 모른다는 거야

우체통에 넣었던 마음
다시 꺼낼 수도 없고
할 수 없이
우체통을
내 안으로 옮겼어
그럴 수밖에 없었어.

겨울 편지

눈길을 걸어가며
좋아한다고
눈빛으로 전했던 마음

그때 꺼낸 고백
지금도 봄이 되면
내 안에 꽃을 피운다
너라는 꽃을.

겨울 잎새

태고의 신비로운
호박 속 화석처럼
눈 속의 나뭇잎

겨울바람도 잊은 채
녹지 않고 머문다
널 기다리는 내 마음처럼.

그대 생각

눈부신 해가
꼭 그대를 닮았습니다

반짝이는 별빛이
꼭 그대를 보는 것 같습니다

길을 걸어도
맛있는 음식을 먹어도
온통 그대 생각뿐인 저에게

그대는, 저를
사랑 속에 살게 해 준
멋진 하늘입니다.

단발머리

미용실에서
단발머리를 했다
단정해 보인다

그리움 속
그대 생각도 자르면
마음이 가벼워질까?

청포도 사랑

달콤한
포도를 먹고 있습니다

그런데 왜
포도처럼
그리움에 달린
그대 생각이 나지요?

혹시 그대
조건 없이 주던
첫사랑
그 청포도인가요?

이슬

이슬이
풀잎에 앉아
아침을 맞듯

나도
그대 생각을 담고
아침을 맞고 있습니다

이슬과
그대 생각
내 사랑에 어울립니다.

새

창문 앞에
새가 날아와 앉네요
그런데
어떻게 알았을까요?

어젯밤 꿈속에
그대 오기만을 기다린 나를.

나뭇잎

가을이 좋다며
단풍까지 들고
우아하게 연못으로 떨어지는
나뭇잎

그대 앞에
날 보는 것 같다

수줍어
얼굴 붉히며 어쩔 줄
몰라하던

그러다
그리움에 안긴.

휴식

학창 시절
쉬는 시간은
추억을 만든 시간

삶에서
휴식 시간은
그대 생각을 꺼내는 시간

둘 다 좋다
아니
그대 생각할 수 있는
휴식이 더 좋다.

허수아비

들판 허수아비는
홀로 서서
햇볕과 바람을 불러
외롭다, 외롭다

그대 생각은
그리움 속에서
얼굴을 그려 놓고
보고 싶다, 보고 싶다.

제비꽃

한적한 시골길에
가녀린 모습으로
홀로 핀 제비꽃

너도 나처럼
누군가를
기다리고 있니?

아니면
기다리는 날
위로하고 싶었니?

나비

늘 그리운
그대여!

꽃인가요
아니면 나비인가요

꽃이라면 나비가 되고
나비라면 꽃이 되고.

대나무 향기

초록 잎 싱그러운
대나무 숲을 걷는다

대나무 향기와
바람에 흔들리는 소리가
기어이
그대 생각을 불러낸다

고맙다
대나무!

능소화

담장에 능소화가
하늘 향해 피었다

나야 하늘을
보고 싶은 마음 적기 위해
올려다본다지만

능소화
너는 왜 하늘을 보고
꽃을 피웠니?

들꽃에게

너의 사랑에
내 사랑을 더 얹어
보고 싶어 한다고
바람 편에 보내면
그대에게 전해 줄 수 있니?

답신이 올 때까지
내 안에
담아 두고 싶어서 그래.

민들레

들길에 민들레꽃
솜털은 날아가고
흔적만 남겼다

가슴 깊이 담긴
우리 그리움처럼.

여백

내 삶에는
빈 여백이 많다
그곳에
너를 채우고 싶다.

나는 내가 좋다

나는 지금
내 나이가 좋다
아직은 봄이라 할 수 있는

나는 지금
내 모습이 좋다
아직은 꽃이라 할 수 있는

나는 그냥
지금 이대로가 좋다
당신 얼굴 마주 보며
미소 지을 수 있는
여유 속의 나.

아파하지 말자

쇼팽의 녹턴 피아노 소리가 들린다
마음속에 묻어 둔
힘들었던 그 기억이 다가선다

상처받은 마음
그런 나를 안아 준다

사람과 사랑에 아파했지만
이제 아파하지 말자

나도 있고
당신도 있는데
아파할 이유가 없고
아플 이유도 없다

그러니 아파도
아파하지 말자.

촛불 하나

살다 보면
가끔, 어두운
길을 걸어야 할 때가 있습니다

당신이
그 어둠을 만나면
당신 앞에
촛불을 켜 드리고 싶습니다

가슴에 담긴 희망이
빛을 잃지 않게
사랑으로 밝힌 불을.

고래의 꿈

내 마음속에
고래 한 마리
꿈을 키우며 산다

바다보다 더 넓은 세상
희망을 키우며 산다

그 꿈
그대를 만나는 것이고
그 희망
그리움 속에서
그대와 이룰 사랑이다.

천천히 가고 싶다

뭐가 그리 바쁘다고
늘 종종걸음인지

뭐가 그리 할 일이 많다고
선잠까지 자며 허덕이는지

그저 세월에 맡기면
다 지나가는 것을

그래,
이제부터
커피 한잔 앞에 두고
지난날을 돌아보면서
천천히 그러나 바쁘게
사랑하며 가고 싶다.

꿈

꿈을 향해
달려가고 있다

가는 길이 힘들어도
포기할 수 없다
꿈, 너는
나의 전부니까

아니
아니,
일상을 꽃으로 피울
넌 나의
희망이니까.

기도

내 삶에
눈물을 멈추게 하소서
고통을 느끼지 않게 하고
이별이 없게 하소서
더 넓게 받아들이고
더 많이 용서하게 하소서

내 일상에
환한 웃음을 주소서
행복 맛을 느끼게 하고
사랑이 넘치게 하소서
작은 일에도 감사하게 하고
희망을 갖게 하소서

내 삶에는
내 일상에는.

다시 봄

새잎이 나고
꽃이 피는 봄

겨울을 보내고
다시 오는 봄

새로운 나이로
맞이하는 봄

하지만 늘
그대가 곁에 있는 봄

보고
다시 봐도
그대뿐인
바라봄!

늘 그대가 곁에 있는 봄

한 줄 시

꿈속에서 만난 그대 얼굴 잊을까 내 안에 꽃으로
그렸습니다. 나만 알게 그렸습니다.

꿈속에서 만난 얼굴! 다시 보고 싶어 그리움 속에
조각했다는 사실! 그대는 몰라도 됩니다.

그대는 내 마음에 핀 가장 예쁜 꽃입니다.
내가 보기에는 그렇습니다.

외로운 당신에게 따뜻한 사랑을 별도로
포장해서 보낼 테니 놀라지 마세요!

바람의 노래를 듣는 나무